逃出樹洞

菠菜小姐・文／王譽璇・繪

小_{ㄒㄠ}松_{ㄙㄨㄥ}鼠_{ㄕㄨ}達_{ㄉㄚ}達_{ㄉㄚ}跟_{ㄍㄣ}爸_{ㄅㄚ}爸_{ㄅㄚ}媽_{ㄇㄚ}媽_{ㄇㄚ}生_{ㄕㄥ}活_{ㄏㄨㄛ}在_{ㄗㄞ}樹_{ㄕㄨ}洞_{ㄉㄨㄥ}裡_{ㄌㄧ}，過_{ㄍㄨㄛ}著_{ㄓㄜ}備_{ㄅㄟ}受_{ㄕㄡ}保_{ㄅㄠ}護_{ㄏㄨ}的_{ㄉㄜ}生_{ㄕㄥ}活_{ㄏㄨㄛ}，媽_{ㄇㄚ}媽_{ㄇㄚ}每_{ㄇㄟ}天_{ㄊㄧㄢ}會_{ㄏㄨㄟ}外_{ㄨㄞ}出_{ㄔㄨ}覓_{ㄇㄧ}食_ㄕ，爸_{ㄅㄚ}爸_{ㄅㄚ}會_{ㄏㄨㄟ}照_{ㄓㄠ}顧_{ㄍㄨ}達_{ㄉㄚ}達_{ㄉㄚ}。

達達一直很嚮往外面的世界，
但爸爸告訴他：「外面有好多
怪物，像你這種小松鼠出去
外面是很危險的！」

於是，達達對森林是又恐懼
又好奇。

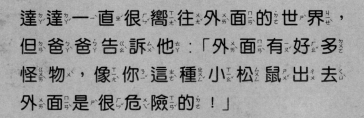

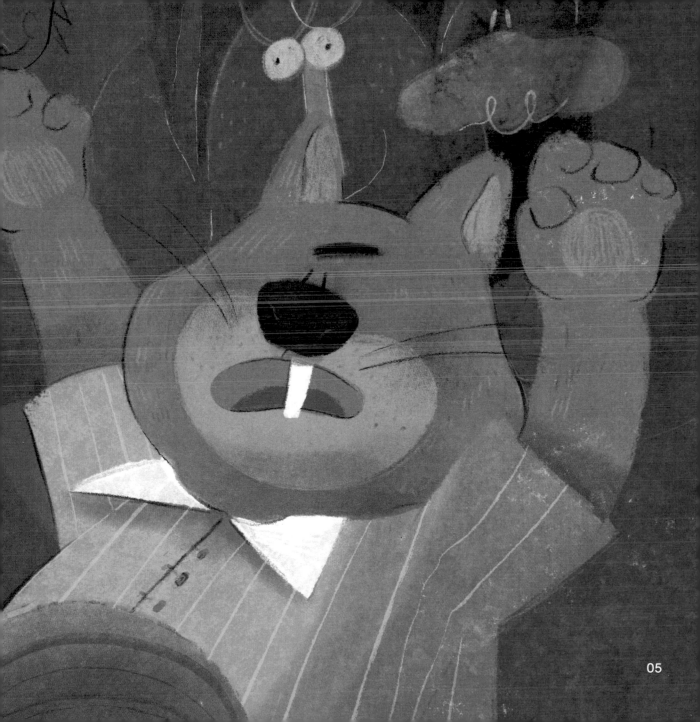

05

有天，達達在樹洞外看見五顏六色的蟲蟲，撿回家想跟爸媽分享。

這有毒！
把這些垃圾丟掉！
爸媽很生氣。

達達傷心的躲在房間裡面，突然
看到窗外閃著一點一點的亮光，
是螢火蟲仙子！

螢火蟲仙子漫舞在空中，在黑夜裡顯得非常閃耀。

達達被這景象迷惑了，
忍不住走出了樹洞。

11

達達心想，

「不行！爸媽說外面的世界很危險。」

螢火蟲仙子傳出陣陣的笑聲，
似乎在嘲笑達達的膽小。

「你們以為我不敢嗎？」

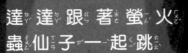

達達跟著螢火蟲仙子一起跳舞，整座森林就像一個巨大的表演舞台。

貓頭鷹爺爺打著節拍。

14

月光打在達達身上，
十分閃耀。

蟬在合音。

15

達達一邊跳舞，經過了吃著
樹葉的長頸鹿。

16

達ㄉㄚˊ達ㄉㄚˊ一ㄧ邊ㄅㄧㄢ跳ㄊㄧㄠˋ舞ㄨˇ，經ㄐㄧㄥ過ㄍㄨㄛˋ了ㄌㄜ˙享ㄒㄧㄤˇ受ㄕㄡˋ著ㄓㄜ˙天ㄊㄧㄢ倫ㄌㄨㄣˊ之ㄓ樂ㄌㄜˋ的ㄉㄜ˙獅ㄕ子ㄗˇ一ㄧ家ㄐㄧㄚ人ㄖㄣˊ。

達達一邊跳舞，經過了在海面上遊玩的海豚。

達達一邊躺在床上

一邊想著今天晚上的美好。

「外面的世界真的好漂亮啊！」
連夢裡都是美麗的回憶。

從此，達達每天晚上都會
等待螢火蟲仙子來找他。

達達在這座森林裡認識了很多朋友，
他會跟羊羊姊妹一起看流星。

他會跟貓頭鷹爺爺一起唱歌。
他會和大象家族一起露營。達達感覺非常快樂。

達達小心翼翼的回家後，
卻發現爸媽一臉憤怒。

「你跑去哪裡了？」

「我不是說不准
離開樹洞嗎？」

「外面的世界很危險，
我們是為你好！」

爸爸媽媽生氣的對達達說。

24

達達生氣了：
「你們一點都
不懂我！」

他決定要自己出去過生活。

25

蝴蝶姊姊看到達達悶悶不樂的樣子，「你怎麼啦？」

達達哭著說：「我離家出走了，現在無處可去。」

「讓我幫你吧。」
達達很開心，果然森林裡的大家都非常友善。

達達跟著蝴蝶走進森林深處，
是一個他沒有到過的地方。

突然，達達掉進了一個大洞裡。
「蝴蝶姊姊，救救我吧！」

洞口冒出了一隻大灰狼，「蝴蝶，妳做得不錯。」蝴蝶得意的笑著，「真是隻笨松鼠呢。」原來達達中了蝴蝶的圈套。

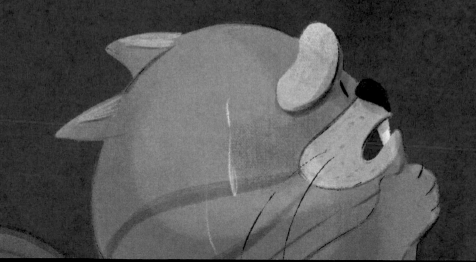

「他就當我明天的早餐吧。」

大灰狼流著口水。

31

達達在角落哭泣，
「我再也見不到朋友們跟爸爸媽媽了。」

螢火蟲仙子經過，看到落入陷阱的達達。達達大聲呼救，仙子們卻飛走了，達達陷入了絕望。

34

日出，一陣腳步聲傳來，
達達知道是大灰狼要來吃他了，
忍不住發抖起來。

「達達！」

想不到是爸爸跟媽媽！原來螢火蟲仙子是去通知爸爸媽媽了。

大灰狼聞聲趕了過來，流著口水說，「自己送上門，正好讓我飽餐一頓。」達達一家人嚇壞了，但爸爸媽媽把達達護在身後。

「達ㄉㄚˊ達ㄉㄚˊ別ㄅㄧㄝˊ害ㄏㄞˋ怕ㄆㄚˋ！我ㄨㄛˇ們ㄇㄣ˙來ㄌㄞˊ了ㄌㄜ˙！」

在ㄗㄞˋ森ㄙㄣ林ㄌㄧㄣˊ裡ㄌㄧˇ認ㄖㄣˋ識ㄕˋ的ㄉㄜ˙朋ㄆㄥˊ友ㄧㄡˇ們ㄇㄣ˙全ㄑㄩㄢˊ都ㄉㄡ趕ㄍㄢˇ來ㄌㄞˊ了ㄌㄜ˙。

大ㄉㄚˋ灰ㄏㄨㄟ狼ㄌㄤˊ得ㄉㄜˊ意ㄧˋ的ㄉㄜ˙說ㄕㄨㄛ：「你ㄋㄧˇ們ㄇㄣ˙根ㄍㄣ本ㄅㄣˇ不ㄅㄨˊ是ㄕˋ我ㄨㄛˇ的ㄉㄜ˙對ㄉㄨㄟˋ手ㄕㄡˇ！」
這ㄓㄜˋ時ㄕˊ獅ㄕ子ㄗˇ出ㄔㄨ現ㄒㄧㄢˋ了ㄌㄜ˙，「如ㄖㄨˊ果ㄍㄨㄛˇ加ㄐㄧㄚ上ㄕㄤˋ我ㄨㄛˇ呢ㄋㄜ˙？」
大ㄉㄚˋ灰ㄏㄨㄟ狼ㄌㄤˊ心ㄒㄧㄣ驚ㄐㄧㄥ膽ㄉㄢˇ跳ㄊㄧㄠˋ的ㄉㄜ˙落ㄌㄨㄛˋ荒ㄏㄨㄤ而ㄦˊ逃ㄊㄠˊ。

38

「爸爸媽媽，是我不好。」達達很自責。
「今天要不是你的好朋友，我們也難逃一劫，
是你救了我們。」
爸爸媽媽抱住達達。

「雖然森林裡難免有危險，但要你一直待在樹洞裡是我們的不對，以後你跟媽媽一起去覓食吧。」

媽媽親自帶著達達
認識這座森林的
美景，一起探索
這個世界的美
好之處。

要不是達達的勇氣和好奇
心，他沒辦法看到更廣闊
的世界；要不是媽媽的適
時放手，也沒辦法跟達達一
起享受天倫之樂。

從此，達達再也不孤獨了，
他有全世界可以冒險！

(作者簡介) 菠菜小姐

編劇、繪本作家、短篇小說家。
以本名徐宥希出版繪本《情緒魔法豆：不快樂也沒關係》。想透過文字與故事，讓大家擁有一雙用美好角度看世界的眼睛。「無論是大人或是小孩，心裡那份純真永遠都在。擁抱有好好長大的自己，擁抱正在長大的小小心靈。」

(繪者簡介) 王譽璇

出生於嘉義市，2021 年畢業於崑山科技大學視覺傳達設計系。熱愛插畫和動物，擅長用簡單生動的線條表現角色，著迷於營造畫面的氛圍感。希望透過簡單的插畫帶領讀者深刻感受童書世界！

延伸閱讀

情緒魔法豆：不快樂也沒關係
徐宥希 ‧ 文；孫無蔚 ‧ 繪

好傷心，但大人總叫我不准哭，我只好忍耐。
好生氣，但大人叫我不要耍脾氣，我只好忍耐。

一味的忍住這些壞心情，而沒有學會排解的話，到底會招致多大的後果呢？

有一天，小芝收到了可愛的小豆苗，裡面充滿著許許多多的快樂與悲傷，如果時常快樂，便會長出快樂的果子；如果悲傷，便會長出悲傷的果實，為了避免負面情緒，小芝學到了怎麼掌握喜怒哀樂的方法……

兒童・童話08　PG2943

逃出樹洞

作者／菠菜小姐
繪者／土響璇
責任編輯／孟人玉
圖文排版／吳咏潔
封面設計／吳咏潔

出版策劃／秀威少年
製作發行／秀威資訊科技股份有限公司
114 台北市內湖區瑞光路76巷65號1樓
電話：+886-2-2796-3638
傳真：+886-2 2796-1377
服務信箱：service@showwe.com.tw
http://www.showwe.com.tw

郵政劃撥／19563868
戶名：秀威資訊科技股份有限公司
展售門市／國家書店【松江門市】
104 台北市中山區松江路209號1樓
電話：+886-2-2518-0207
傳真：+886-2-2518-0778

網路訂購／秀威網路書店：https://store.showwe.tw
　　　　　國家網路書店：https://www.govbooks.com.tw
法律顧問／毛國樑　律師

總經銷／聯寶國際文化事業有限公司
地址：221新北市汐止區康寧街169巷27號8樓
電話：+886-2-2695-4083
傳真：+886-2-2695-4087

出版日期／2023年8月　BOD一版　定價／300元
ISBN／978-626-97190-7-5

讀者回函卡

秀威少年
SHOWWE YOUNG

國家圖書館出版品預行編目

逃出樹洞/菠菜小姐文；王譽璇圖.-- 一版. --
臺北市：秀威少年, 2023.08
　　面；　公分. -- (兒童.童話 ; 08)
BOD版
國語注音
ISBN 978-626-97190-7-5(平裝)

863.599　　　　　　　　　　112009579

「我不是說不准離開樹洞嗎？」

「外面的世界很**危險**，我們是**為你好！**」

如果孩子一直處在父母的保護下，是不是就無法辨別真正的危險呢？

小松鼠達達雖然生活在森林裡，但是爸爸媽媽認為外面的世界充滿危險，從來不讓達達出門。有一天，達達瞞著爸媽溜出了樹洞，和螢火蟲仙子、貓頭鷹爺爺、羊羊姊妹、獅子一家人都成了好朋友，但潛伏在黑暗中的魔爪也逐漸向達達逼近……

看著孩子的成長，父母總是既欣慰又擔心！菠菜小姐徐宥希繼《情緒魔法豆：不快樂也沒關係》之後，再度推出以親子互動為主題的共讀、共學繪本──世界的美好多少伴隨著未知與風險，期許孩子們充滿好奇、探索未來的過程中，能有一同相伴、探險的父母攜手同行。

ISBN 978-626-97190-7-5

9 786269 719075   00300

建議分類　繪本

適讀年齡：
有注音，8歲以下親子共讀，
8歲以上自行閱讀。

情緒魔法豆

不快樂也沒關係

徐宥希・文
孫無蔚・繪